www.tredition.de

AF176861

Rupert van Gerven

KURZ&KNAPP

Erzählungen

www.tredition.de

© 2019 Rupert van Gerven

Verlag und Druck: tredition GmbH, Halenreie 40-44, 22359 Hamburg

ISBN
Paperback: 978-3-7482-6244-2
Hardcover: 978-3-7482-6245-9
e-Book: 978-3-7482-6246-6

Illustration   Andreas Sturm

KUR^Z+KNAPP

Zuhause

Wo bist du Burg, Höhle, Insel,
mein Zuhause?

Welche Straße, Allee, Gasse
ist es, die mich zu dir führt?

Ich gehe, verlaufe mich,
schaue verwirrt, bin wütend,
verzweifelt, denke, du
entziehst dich mir. Dann,
endlich habe ich dich
gefunden, spüre weder Sturm
noch Regen. Ich laufe auf ein
Haus zu, es ist weder schön
noch originell, versuche, die
Tür zu öffnen, doch natürlich,
wie dumm von mir, sie ist
verschlossen. Ich lache, lache
laut, lache Tränen. Nur noch

die Tür aufschließen, dann bin ich zu Hause. Endlich. Ich krame nach meinem Schlüssel. Meine Hände verschwinden in Taschen, Beuteln, Tüten, durchwühlen den Rucksack. So nah bin ich am Ziel, nur um festzustellen, dass ich mich noch nicht traue, mein Herz dir, mir zu öffnen. Gib mir noch ein wenig Zeit. Sobald ich mir sicher bin, öffne ich die Tür zu dir und mir, nur ein wenig noch, dann sage ich dir, dass ich dich liebe.

Bleib doch …

Abschied I

Ich stehe auf, trete ans Fenster, du liegst noch in der Decke gewickelt. Leises Schnarchen nimmt dem Raum die Stille. Ich schaue dich an, lächele. Dann gefriert mein Lächeln. Vor Stunden noch sind wir verschmolzen, zumindest wollte ich es so erleben. Doch da war nicht mehr als ein Aneinander reiben zweier Körper. Ich greife nach meinen Shorts und Socken, meiner Chino und meinem Shirt, schlüpfe in meine Schuhe. Du hast von Liebe gesprochen, die Worte sind im Gestöhne beinahe untergegangen, ich habe ihre

Endsilben weggeküsst. Ich öffne das Fenster zur Straße, lasse den Staub, den Lärm deiner Stadt hinein, drehe mich zu dir um, wundere mich, dass dich das Getöse der Stadt nicht weckt. Vielleicht, weil es deine Stadt ist?

Ich küsse deine Stirn, gehe zur Tür, drehe mich noch einmal zu dir um. Du schaust mich aus verschlafenen Augen an.

„Wohin gehst du?", fragst du.

„Ich hole mir einen Kaffee."

„Bringst du mir einen mit?"

„Einen Coffee to go!"

Beerdigung

Die Sonne strahlt. Frühling,
sattes Grün um uns herum. Ich
möchte lachen und tanzen, doch
ich folge schweigend dem Zug.
Schritte bewegen sich
gemächlich, um nicht zu sagen
faul knirschend über den Kies
hinweg. Ich bin umgeben von
Menschen, alle in Schwarz
gekleidet. Sie schauen nach
unten, trocknen ihre Tränen.
Haben sie dich gekannt, so wie
ich dich gekannt habe? Ich
habe mich in deinen
Lieblingspulli geschmissen,
wirke deplatziert, spüre ihre
Blicke. Sie wollen mich nicht
dabeihaben, mich, der bis

zuletzt bei dir geblieben ist. Ich habe deine Tränen getrocknet und mir nicht erlaubt, selbst auch nur eine einzige zu vergießen. Dein Sarg wird in die Gruft gelassen, die Menschen werfen Sand und Rosen auf dich hinab. Mitgefühl wird deiner Familie gegenüber geäußert, nicht mir.

Warum auch, ich war ja nur dein Geliebter und bis zuletzt bei dir. Liebster.

Schönheit

Blick in den Spiegel,
goldgefasst. Helles Licht,
ganz unbescheiden. Ich will es
wissen, und zwar ganz genau.
Als wir uns das erste Mal
geliebt haben, hast du meinen
Körper ganz verzückt
betrachtet, hast geschworen,
dass ich die schönsten
Grübchen habe, hast tausendmal
die Lachfältchen um meine
Augen geküsst. Glücklich hast
du deinen Kopf auf meinen
leicht gewölbten Bauch gelegt.
Viele Nächte folgten, in
deinen Augen blieb ich der
schönste Mensch. Jahrelang
hast du mich angelogen. Denkst

du etwa, deine Lügen hätten mich nicht gekränkt? Warum hast du nicht einfach den Mund gehalten? Ich habe gelächelt, dir gesagt, dass ich mal wieder in die Berge fahren wollte, die ich so liebe und du so hasst. Allein, drei Wochen nur für mich. „Genieß die Zeit", hast du gesagt, „ich freue mich jetzt schon auf deine Rückkehr."

Nackt stehe ich vor dem Spiegel, der Chirurg hat das Zimmer gerade verlassen. Die Narben werden verblassen, ich werde dich überraschen und du musst endlich nicht mehr lügen.

So etwas tut man nicht.

Mitternacht. Ich will schlafen, doch über mir schallt es unerträglich, die Bässe machen mich verrückt. Womit habe ich das verdient? Jede Nacht. Es gibt keine Ruhe. Am Anfang habe ich versucht zu reden, später Briefe geschrieben, dann die Polizei angerufen. Ich bin unausgeschlafen ins Büro, konnte mich kaum konzentrieren. Jeder meiner Freunde nahm Reißaus, keiner blieb über Nacht. Ich sitze in der Küche, schmiere mir eine Scheibe Brot, die Bässe hämmern mir ins Gehirn. Ich massakriere das Brot vor mir auf dem Holzbrett, stehe auf, langsam unaufgeräumt, beinahe kindlich erfreut. Ein letztes Mal will ich an die Vernunft appellieren, daran erinnern, dass man Rücksicht nehmen muss. Ich drücke den Klingelknopf, bin überrascht, die Wohnungstür wird geöffnet. Hatte ich das etwa nicht erwartet? Egal. Wir stehen uns gegenüber, und plötzlich weiß ich, dass es sich nicht lohnt, auch nur noch ein Wort darüber zu verlieren. Ich steche zu, einmal, zweimal, höre auf zu zählen, betrete die Wohnung und drehe die Musik leise.

Weihnachten wie nie

Ich stehe an der Kreuzung,
weiß nicht, wohin ich gehen
soll. Die Ampel schaltet auf
Grün. Ich setze meinen Fuß auf
die Straße, es ist bitterkalt.
Morgen ist Heiligabend, bis
gestern war ich in den
Weihnachtsvorbereitungen, die
so jäh unterbrochen wurden.
Ich versuche, die Gedanken von
mir zu schieben, gehe zur
Ringbahn, lasse mich in den
Sitz fallen. Menschen, in sich
versunken, auf dem Weg nach
Hause. Ich habe keine
Geschenke gekauft, überlege,
wie ich meine Situation
verbessern kann. Gestern

schien noch alles klar. Ich
hatte die Gans in Brandenburg
abgeholt, Plätzchen gebacken,
die Wohnung duftete nach
Pfefferkuchen, nach
Christstollen, du schmücktest
die Wohnung. Die
Vorbereitungen waren so gut
wie abgeschlossen. Dann
hattest du mich gebeten, den
Tannenbaum aufzustellen. Ich
schmückte ihn. Du sagtest mir,
wo ich welche Kugel
aufzuhängen hatte. Ich tat wie
mir geheißen, hoffte, dass die
Stimmung positiv bleiben
würde, du warst so oft gereizt
in den letzten Wochen. Ich
versuchte, mich auf dich

einzustellen, nichts falsch zu machen. Der Baum war geschmückt. Weihnachten konnte kommen. Du nahmst das Handy, riefst die Polizei an: „Helfen Sie mir, mein Mann hat mich geschlagen."

Totalausfall

Honigmond und Pusteblume,
sattes Grün, zärtlich duftend,
Sonnenblumen wie auf
Margarinedeckeln, die Welt um
mich herum ist so wunderbar.
Ich rieche die bunte
Florawelt. Vögel geben
verzückt ein Konzert ganz
eigener Art. Der Hund von
nebenan beteiligt sich
unaufgeregt, schräges
Gekläffe, was soll´s, stört
mich nicht. Ich sitze auf der
Terrasse, Kaffeeduft zieht in
meine Nase, dazu gibt es
Käsekuchen, du hast es
versprochen. Du schiebst den
kleinen Teewagen heraus. Eine

Vase mit Rosen hast du noch darauf gestellt, du liebst es romantisch, nicht wahr?

„Jetzt erst mal eine schöne Tasse Kaffee", sagst du wie sonst auch in solchen Momenten. Zufrieden schaust du mich an und führst die Schnabeltasse zwischen meine Lippen.

Gartenfreude

Ich betrachte den Garten,
zupfe Unkraut, harke Wege, bin
versunken in meine Arbeit. Ich
liebe es, hier mit meinen
Pflanzen zu sein, den ganzen
Tag, bei Wind und Wetter. Ich
gönne mir eine kleine Pause,
bereite mir einen Kaffee zu,
überlege, was noch zu tun ist.
Stecklinge sollte ich heute
noch setzen. Ich lächle, bin
allein hier, weit draußen ohne
jeden Lärm, höre nur die Vögel
zwitschern. Immer wieder
bewunderst du mein Rosenbeet,
sagst, wie gut ich es hier
habe, wer träumt nicht von so
einem schönen Garten? Jeden

Morgen fährst du mich hierher und lässt mich zurück. Kein Bus hält hier, der nächste Ort ist zwölf Kilometer entfernt.

Was habe ich getan, dass du mich hier abstellst, du mieses Schwein? Dir geht's doch nur um Kontrolle!

Achtzehn Uhr, ich höre deinen Wagen anrollen und greife zum Hammer. Dieses Mal werde ich zuschlagen, ganz bestimmt. Doch wie komme ich dann hier weg?

Ich lege den Hammer beiseite.

Mit Genuss

Seit geraumer Zeit schlendert sie durch die Straßen. Dann bleibt sie vor einem Straßencafé stehen, schaut sich um und dann geht sie weiter. Es ist anstrengend, doch sie hat keine andere Wahl. Hier ein Italiener, dort ein Inder, gegenüber ein Asiate, es fällt ihr schwer, sich zu entscheiden, andere Passanten sind viel zielstrebiger. Doch sie muss es sich überlegen. Nur einen Moment lehnt sie an einer Kaimauer, fährt sich mit der Hand durchs Haar. Dort, beim Italiener wird ein Platz frei, der Gast, gerade noch das Handy am Ohr, verlässt überstürzt seinen Platz, die Nachricht muss schlimm gewesen sein. Ihr Glück. Sie steuert den Platz an, zielstrebig, aber nicht zu langsam. Die Schweißperlen auf ihrer Stirn stören das Bild einer relaxten Frau mittleren Alters. Der Salat ist kaum berührt, unauffällig reinigt sie das Besteck und beginnt zu essen. „Darf ich Ihnen nachschenken?", fragt der Kellner und hebt die Karaffe vom Tisch.

Draußen

Wir stehen uns gegenüber.
Sollten wir uns jetzt nicht
küssen, das letzte Mal für
eine lange Zeit? Kaiserwetter
wunderbar, leichte Windböen
wollen dein gegeltes Haar
zerwühlen. Du sprichst von
Liebe, von ewiger Treue. Ich
versuche, auf meine Armbanduhr
zu schielen, nur noch wenige
Minuten. Wir reden belangloses
Zeug, kleines Frühstück, dazu
viel Kaffee. Im Stehen den
letzten Schluck getrunken. Du
wendest dich ab, ich streichle
deinen Hinterkopf. Im
Schnelldurchlauf sehe ich
unsere beiden Leben

vorbeiziehen. Viele nannten dich nur den Filou. Ich sollte traurig sein. Ein lautes Geräusch holt uns aus unseren Gedanken. „Wer hat mich verraten?", fragst du. Das Tor öffnet sich. „Wer hat mich nur verraten?"

Das Tor fällt ins Schloss.

Ich konnte einfach nicht schweigend neben einem Verbrecher leben.

Nachtschicht I

Eigentlich wollte ich das hier nicht. Gut, ich bin in ein Haus eingestiegen, so etwas tut man nicht, aber sein wir ehrlich, der Nervenkitzel hat mich begeistert. In dem Haus laufe ich von Zimmer zu Zimmer, öffne Schubfächer, Schranktüren, suche im Wohnzimmer, in der Küche, finde eine kleine Summe, nicht der Rede wert. Außer Modeschmuck nichts mehr zu holen, also packe ich die wenigen Dinge ein, bewege mich auf leisen Sohlen dem Hintereingang entgegen. Dann plötzlich ein Geräusch, Kontur

bewegt sich im Dunklen auf
mich zu. Ich bin überrascht,
wähnte ich das Haus doch leer.
Ich greife im Dunklen, auf der
Kommode steht eine Vase. Die
Kontur wird zur erkennbaren
Person. Ich überlege nicht
lang, schlage zu, laufe weg,
bin durcheinander, aufgeregt,
erregt. Zeit vergeht, ich höre
Radio, höre vom Einbruch, vom
Tod, höre nichts mehr. Du
schaust mich an, räumst das
Frühstücksgeschirr in die
Spülmaschine. Wochen später
sage ich dir, dass ich wieder
mal zur Nachtschicht muss.

Auf meine Art

Wir schlendern am Strand entlang, du und ich. Mit samtener Stimme flüsterst du mir ins Ohr. Ich lächle, dein Blick reicht bis zum Horizont. Ich betrachte dich, seit vier Jahren sind wir verheiratet. Du bist ein erfolgreicher Geschäftsmann, viele Tage und Nächte habe ich allein im großen Haus verbracht, um auf dich zu warten, so viele, dass mir deine Anwesenheit lästig wurde. Ich war beim Anwalt, er rechnete mir vor, was ich bei einer Scheidung zu erwarten hätte, der Vertrag war hieb- und stichfest. Wir saßen bei einem Glas Wein beisammen, es war mein viertes, irgendwie musste ich ja diesen Samstagabend überstehen, mit deinem eingeforderten Sexwunsch. Du hast mich mit einer Reise überrascht. Hier sind wir also nun, nur du und ich, weit und breit kein Mensch. Dann, wie aus dem Nichts, rennt eine vermummte Person auf dich zu, erschlägt dich mit einem Stein. Ich kann vor Schreck nicht reagieren. Vier Monate später. Ich überreiche einen Umschlag mit Geld. Wie soll ich es sagen, nach der Scheidung hätte ich wieder arbeiten müssen, und

das wollte ich nicht, so
einfach ist das. Mein zweiter
Mann ist sehr nett, aber
manchmal etwas langweilig, wir
haben einen Ehevertrag.

Geschwisterliebe

Früher Nachmittag. Die Sonne knallt ins Wohnzimmer, brennt mir ungefragt ins Gesicht. Meine Eltern betreten die Wohnung. „Schau, hier ist Toni, freust du dich?" Aus den Augenwinkeln sehe ich ein in sich verschobenes, verkrampftes Baby, nicke, laufe weg, gehe zurück. Ich bekomme eine Backpfeife, das Bündel wird mir in den Arm gedrückt. Von nun an ist es meine Aufgabe, mich zu kümmern. Andere Kinder lernen sprechen, Toni macht Geräusche. Sie lernen krabbeln und laufen, Toni ist nicht

fähig, es ihnen gleichzutun.
Ich schiebe Toni in der
Kinderkarre, wickele ihn. Das
Kind wird älter, ich auch.
Meine Freunde gehen aus, ich
bleibe zu Hause. Die Uhr an
der Wand bewegt sich langsamer
als die Uhren in anderen
Häusern, ich weiß es genau.
Ich bereite mich aufs Abi vor,
will studieren, reisen, bleibe
gebunden durch eine
unsichtbare Schnur. Ich schaue
in den Spiegel, sehe Toni in
seinem Rollstuhl, er muss
gewickelt werden, zu schwer
inzwischen für mich, mein
Rücken schmerzt. Ich verzichte
aufs Studium, keine Liebe in

Sicht. Ich wische Kotze und
Scheiße weg. Toni stirbt. Ich
sehe Toni an, fühle Puls,
fühle Tod, fühle Freiheit.
Sehe im Spiegel ein altes
Gesicht.

Blutspende

Tim ist Student, hat den Arm gebrochen, wohnt in einem überteuerten Zimmer in Friedrichshain. Sein Bafög reicht nie aus, mit Sex verdient er sich etwas dazu.

Caro hat eine Tochter von einem One-Night-Stand, es fehlt an allem. Ohne Unterhaltsvorschuss kann der Kühlschrank nicht gefüllt werden.

Hauke ist schwul, schon damals auf dem Land hat er gespendet. Jeder weiß, dass er nur mit Männern Sex hat. Nur hier muss er lügen.

Frank ist geschieden, nach sechzehn Jahren. Immer wieder ist er vor Gericht gezogen, um ein anderes Urteil zu bekommen. Nichts zu machen, unbefristeter Unterhalt wurde tituliert.

Rosi wird morgen neunundsechzig, hat immer gearbeitet. Die Rente ist knapp. Irgendwie geht es immer, doch nie reicht es für Extras. Es ist ihre letzte Spende. Zu alt.

Glauben

Ich glaube nicht an Gott. Ich
glaube an den Urknall.
Religion ist etwas für
ängstliche Menschen, und ich
habe keine Angst. Ich habe
alles, was ich brauche,
Familie, Haus. Dieses Jahr
fahren wir in die Berge,
Österreich. Vielleicht das
letzte Mal für lange Zeit mit
den Kindern. Ein Luxushotel,
gute österreichische Küche.
Wir schlendern durch Zell am
See. Die Kinder, siebzehn und
neunzehn Jahre alt, machen zum
ersten Mal eine Bergtour ohne
uns, wir erwarten sie nicht
vor dem Abendessen zurück.

Ganz uncool haben sie ihre
Handys im Hotel gelassen,
wollen einfach nur die Natur
genießen. Später. Wir sitzen
in unserem Zimmer, die Kinder
sind noch nicht zurück, es ist
neun Uhr abends, wo können sie
nur sein? Wir sind unruhig,
fragen den Portier, was zu tun
ist. Die Bergwacht wird
informiert. Stunden vergehen,
ich bin von Panik befallen, du
weinst. Früher Morgen. Wir
haben kein Auge zugetan. Seit
Urzeiten falte ich meine Hände
und bete zu Gott, spüre, dass
alles gut wird. Dann ein
Anruf, wir müssen ins
Krankenhaus, zwei junge

Menschen identifizieren. Das
kann nicht sein, im Gebet habe
ich doch gespürt, dass sie
noch leben. Wir gehen ins
Krankenhaus und sehen zwei
Leichen.

Es sind nicht unsere Kinder.

Sitzen bleiben

Wir sind so verliebt, ich weiß
es genau. Wir sitzen auf einer
Bank im Park und schauen uns
an. Ich träume von unserer
Zukunft, male sie mir in
schönsten Bildern aus. Du bist
zufrieden, ich sehe es an
deiner Mimik. Ich küsse dich,
spreche von Kindern und
Bausparvertrag, einem Leben im
Grünen und denke beseelt: Wie
wunderbar. Ich strahle, könnte
singen vor Freude. Du senkst
deinen Blick, ganz bescheiden,
wie ich finde. Ich schau dich
an, hebe mit dem Zeigefinger
dein Kinn, sage: „Das willst
du doch auch" und ermuntere

dich, meine Gedanken als deine eigenen zu betrachten. Unsere Zukunft ist greifbar nah. Nur mit dir allein will ich zusammen sein.

Dann bist du hinter einem Busch verschwunden, nur kurz. Ich sitze im Park auf der Bank und warte auf dich, seit Jahren schon, halte eine billige Flasche Fusel in der Hand.

Ehrlich gesagt, wusste ich sofort, dass du nicht nur pinkeln gehen wolltest.

Flucht

Ich bin zu Hause und warte auf meine Familie. Ich koche, bügle, fahre die Kinder zum Sportverein, hole sie ab, massiere dir den Kopf. Ich mache das alles freiwillig, gegen meine Kopfschmerzen nehme ich Aspirin. Tage hängen sich aneinander, gekennzeichnet durch immer wiederkehrende Tätigkeiten. Vier Kinder, ein Hund, ein großer Garten. Die Arbeit hört nie auf, Berge von Wäsche müssen gewaschen und zusammengelegt werden. Am Abend bin ich wie erschlagen, ausgelaugt und ohne Kraft. Ich bringe die Jüngste zum Flötenunterricht. Fünfzehn Uhr, die übrigen Kinder sind noch in der Schule. Ich bin dreiundfünfzig Jahre alt, habe meinen Job aufgegeben für meine Liebsten, bin die typische Hausfrau, von Feministinnen belächelt, Sklavin des Patriarchats. Ich starte den Wagen, fahre nach Hause, dusche, ziehe ein zu enges, zu kurzes Kleid an, steige in den Wagen und fahre los. Nie mehr zurück, denke ich. Doch wohin? Der Wagen ist gut betankt. Ich rase auf der Autobahn, als würde ich verfolgt. Stunden später sitze

ich bei dir in der Küche,
Jugendfreund, fast vergessene
Leidenschaft, Pfarrer einer
kleinen Gemeinde. Wir sehen
uns an, lächeln, wissen um die
kommende Nacht.

In der Zelle

Die Zeit dehnt sich, ich liege
auf dem Bett. Die Zellentür
wird geöffnet, nur kurz schaue
ich auf. Mein neuer
Zellenkollege betritt den
Raum, er heißt Tom, ist groß
und muskulös. Er beäugt mich.
Die Zeit hier ist nicht zu
greifen, quält sich durch
Seele und Geist, lässt mich
ohne Zukunft zurück. Zu viele
Jahre bin ich schon hier
eingesperrt, zu viele Jahre
liegen noch vor mir, ohne dass
ich die Freiheit auch nur
erahnen kann. Ich bin ohne
Gefühl, ohne Körperlichkeit,
an Sex nicht erst zu denken.

Tom schnarcht, raubt mir den Schlaf, nimmt ungefragt von meinem Tabak. Ich lasse es zu, ohne zu murren, Tom gehört zu den Menschen, denen man nicht widerspricht. Ich liege auf dem Bett. Tom steht auf, kommt zu mir, dreht mich mit einem Ruck auf den Bauch. Ich erstarre, die Decke fliegt zu Boden, schnell bin ich ausgezogen. Ich atme kaum hörbar. Toms Hände berühren mich, sind überall, sein Atem ist heiß und unterdrückt. Dann ist er in mir, sein Teil mit Vaseline eingerieben. Trotzdem ist sein Stoßen kaum auszuhalten, rhythmisch bewegt

er sich in mir. Danach liegt
er schwer auf mir. Ich weine.
Wäre ich ein schwuler Mann,
hätte ich den wohl schönsten
Sex erlebt, doch so ist es
eine …

Gestohlene Zeit

Wir haben einen Lachanfall, du und ich. Wir wollen glauben, dass es für immer ist. Ich schaue dich zärtlich an. Unser Lachen verfliegt. Wir sind erregt, lassen uns in unserer Erotik fallen. Wir hatten die Idee, uns hier im Getreidefeld zu lieben. Nun liegen wir ermattet nebeneinander auf einer Decke, das Feld umarmt uns. Die Zeit bleibt stehen, nur für einen Moment wollen wir glauben, dass es für immer so bleiben kann. Unsere Augen versinken ineinander, können dem Blick des anderen standhalten. Du erzählst von dir, dem einerlei deines Daseins, der harten Arbeit in der Landwirtschaft. Ich will deine Gram wegküssen, an eine Zukunft mit dir glauben, wissend, dass wir immer nur gestohlene Momente für uns haben werden. Unsere Liebe ist auf Illusionen aufgebaut. Ich habe Angst, dich zu verlieren. Wir werden aus unseren Gedanken gerissen. Ein Mähdrescher nähert sich einem Panzer gleich, macht Jagd auf uns. Nackt laufen wir davon, sehen nichts als Getreide.

Eigenheim

Endlich, unser Traum ist
wahrgeworden. Wir sind
besoffen vor Glück. Alle
hatten uns Mut zugesprochen:
„Ihr solltet es jetzt machen,
die Zinsen sind niedrig.“ Der
Möbelwagen rollt an, staunend
geben wir den Möbelpackern
Anweisungen. Abends, manche
Kiste ist noch nicht
ausgepackt, da trudeln schon
die ersten Gäste ein. Wir
feiern bis fünf Uhr früh.
Endlich, die letzten Freunde
sind gegangen. Wir liegen
nebeneinander. „600.000 Euro,
es darf nichts dazwischen
kommen“, flüsterst du. „Wir

sind beide im öffentlichen Dienst, Leander geht nach der Schule in den Hort, was soll passieren?" Wir sind müde, und doch wollen wir noch miteinander schlafen. Die Tage ziehen dahin, ich sage dir nicht, dass ich die alten Holzdielen vermisse. Du strahlst: „Endlich nicht mehr Wasserkästen vier Treppen hochschleppen." Ich kenne dich zu gut, seit zwölf Jahren, dein Strahlen ist zu übertrieben, du hoffst, dass ich es nicht bemerke. Fünfzehn Uhr, Leander ist bei den Großeltern, ich bin aufgelöst, tonlos schreie ich es hinaus:

„Ich bin schwanger!" Mein
Schreien scheint die Fenster
dieses Gefängnisses zum
Bersten zu bringen. Die Stille
ist laut. Keiner von uns wagt,
das Wort „Abtreibung" auch nur
zu flüstern.

Rentenbescheid

Ich laufe durch die
Fußgängerzone, halte in der
Hand meinen Rentenbescheid.
Ich habe immer gearbeitet,
kann nicht glauben, was ich
soeben gelesen habe. Jeder
weiß, dass ich nicht zu
Gefühlsausbrüchen neige, vor
allem meine beiden Ex-Frauen.
Zwei gescheiterte Ehen,
zweimal Versorgungsausgleich,
wie soll ich davon leben, die
Miete bezahlen? Ich bin müde,
habe Jahrzehnte auf Baustellen
verbracht, Überstunden
gekloppt, meine Kinder kaum
gesehen. Ich stoße die Tür zur
Eckkneipe auf, will mich

vollaufen lassen, weiß, dass
ich es mir nicht leisten kann,
stürze das bestellte Bier
herunter. Ich gehe nach Hause
und organisiere mein
Rentnerdasein. Das Auto wird
verkauft, kein Urlaub mehr
gebucht. In Zukunft werde ich
nur noch Sonderangebote
einkaufen. Ich schaue mich um,
sehe vergilbte Tapeten, stecke
mir eine Zigarette an, muss
wohl versuchen, das Rauchen
aufzugeben. Es ist nicht fair,
dass mir fast nichts mehr zum
Leben bleibt. Meinen Rücken
habe ich mir kaputt malocht.
Ich werde kaum genug Geld für
meine Medikamente haben.

Stöhnend stelle ich den
Fernseher an. Sehe
Politikerinnen im Studio. Höre
die feministische Politikerin:
„Wir müssen etwas gegen die
Altersarmut von Frauen tun.“

Alles, was zählt

Schon lange habe ich daran gedacht, es endlich umzusetzen. Ich schwinge mich in meinen Wagen, ziehe den Rollstuhl hinter den Fahrersitz, fahre langsam an. Ich bin aufgeregt, ich gebe es zu. Wir hatten telefoniert und über den Preis verhandelt, ein Hin und Her, schließlich sollte es etwas Besonderes sein. Du hast mir davon vorgeschwärmt, gesagt, es würde mich begeistern. Dann hast du mir den Weg erklärt und beiläufig gesagt, dass du in der dritten Etage anzutreffen wärst. Der Aufzug sei defekt, aber sobald ich bei dir wäre, würde es ja die Belohnung geben. Ich erzählte dir von meinem Handicap. Kein Problem, meintest du, du würdest runterkommen, und dann könnten wir es schnell auf der Straße erledigen. Ich fand das ein wenig frech, immerhin kostet es mich eine ganze Stange Geld. Bahnhofstraße 6, ich hebe mich aus meinem Wagen, sehe dich aufgedonnert unter einer schwach beleuchteten Straßenlaterne stehen. Ich rolle dir entgegen. „Also?", sage ich. Du zeigst mir die Biedermeier Ohrringe Malachit 585er

Schaumgold, eBay sei dank. Ich weiß, Tine wird sich freuen, wir werden unser Einjähriges feiern, und zum Abschuss gibt es rauschenden Sex.

Autobahnraststätte

Ich verlasse die Autobahn, um
ein wenig zu essen. Dazu gönne
ich mir ein kleines Bier, ein
Bier ist schließlich kein
Bier. Ein zweites kann ich mir
noch genehmigen. Unauffällig
beobachte ich meine leicht
zitternden Hände. Ich muss
mich beruhigen. Was soll schon
passieren? Vielleicht ein
Weinbrand, der löst die
Anspannung. Pustekuchen. Die
Leute könnten denken, dass ich
ein Alkoholproblem habe.
Quatsch, dafür interessiert
sich doch kein Mensch. Mein
Toast Hawaii ist inzwischen
kalt geworden. Ich schaue

hinaus. Menschen kommen und gehen. Dann sehe ich, wie sich ein Mann an meinen Wagen lehnt. Nervös verlasse ich den Gastraum. Der Mann entfernt sich vom Wagen, schaut auf meine Kofferraumklappe. Inzwischen bin ich beim Wagen angekommen. Der Typ hantiert an der Klappe.

„Hey", sage ich, „was machen sie da?"

„Oh, gar nichts, mir ist nur aufgefallen, dass die Klappe nicht richtig verschlossen ist."

In diesem Moment öffnet sich die Klappe. Schnell schließe

ich sie wieder, doch zu spät,

er hat sie schon gesehen.

Die Leiche.

Zeit zu gehen

Die Koffer sind gepackt, der
Wagen müsste jederzeit
eintreffen. Was ich mache? Ich
schaue in den Spiegel meines
Lebens. Als ich dich das erste
Mal sah, wusste ich, du bist
meine große Liebe. Wir
versprachen uns,
zusammenzubleiben, komme, was
da wolle. Und vieles kam und
ging. Irgendwann habe ich
aufgehört, deine Affären zu
zählen. Keine andere Frau,
kein unüberlegtes Wort hätte
mich von dir trennen können.
Alles habe ich ausgehalten.
Wir haben deine und meine
Krankheiten überstanden, den

Auszug der Kinder, die Silberhochzeit lachend gefeiert. Wir waren frei, die Eifersucht wurde erträglich, jeder ging seinen Hobbys nach. Du hast mich angefleht zu bleiben. Mich beschwört, ich müsse doch zugeben, dass du dich geändert hast. Und ja, so war es wohl auch.

Der Umzugswagen hält vor der Tür. Immer wieder hast du darauf gepocht, den Grund zu erfahren. Ich war doch selbst erschrocken, als ich mir eingestehen musste, dass die Zeit die Liebe aufgefressen hat.

Manchmal anders, als es scheint.

Wir schauen uns verträumt an, bauen Zukunft auf wattrigem Untergrund, und dennoch bestehen wir, malen die Zukunft in bunt kitschigen Farben. Die ersten Küsse sind zaghaft, später fühlen wir mit der Zunge nach. Der erste Sex noch im Dunklen, längst lassen wir das Licht brennen. Wir wohnen im Reihenhaus, die Miete ist zu hoch und doch zu stemmen. Der Alltag macht sich einer Krake gleich breit. Hin und wieder krabbelt überraschte Verliebtheit über uns hinweg.

Zehnjähriges, wir wollen feiern. Nie hast du aufgehört, die Badtür zu verschließen. Du putzt dir die Zähne, hast vergessen, zu verriegeln. Ich kann kaum noch an mich halten. Im Grunde weiß ich, dass du mich nicht mit im Bad haben möchtest. Ich laufe herunter, Schwiegermutter sitzt auf dem Gästeklo. Ich laufe hoch, bin kurz davor, zu platzen, werfe alle Skrupel über Bord. Du sitzt auf der Toilette, die elektrische Zahnbürste steht auf dem Waschtisch und brummt, deine Zähne liegen im Zahnputzglas, werden von Corega Tabs gereinigt. Ich

laufe aus. Wir schauen uns an,
sagen kein Wort, schauen
hinab. Scham.

Nach Hause fahren

Müde setze ich mich in die Tram. Ein übel riechender Mensch setzt sich neben mich. Er hat seit Urzeiten nicht geduscht, außerdem hat er eine Fahne, sein Körper stinkt nach Alkohol. Vor mir die durchsichtige Plexiglasscheibe, die mich von der Tür trennt. Ich will aufstehen, der stinkende Fahrgast neben mir beginnt zu schnarchen. Bedrohlich nah neigt sich sein Körper in meine Richtung. Ich suche Augenkontakt zu den anderen Fahrgästen, sehe, dass auch sie den Gestank nicht ausgehalten haben. Sie sind in den hinteren Wagen gestiegen. Ich bin gefangen, versuche, nur noch durch den Mund zu atmen. An der nächsten Haltestelle hält die Straßenbahn, niemand steigt ein. Als wir in eine Kurve fahren, klatscht der Mensch neben mir mit seinem Körper an meinen. Ich schreie, schau mich um, ein vielleicht Dreizehnjähriger sieht mich an, grinst. Ich stoße den stinkenden Menschen von mir, er knallt auf den Boden, bleibt regungslos. Die Polizei befragt mich. „Es war ein Unfall", sagte ich, doch da

mischt sich der Jugendliche
ein, sagt, dass ich den
Fahrgast mit voller Wucht von
mir gestoßen habe.

Unwetter

Ich stehe in der Küche, draußen stürmt es. Wie werde ich es dir sagen? Viele Jahre haben wir versucht, uns zu arrangieren, es hat so leidlich geklappt. Immerhin so gut, dass wir uns nicht mehr streiten mussten. Nichts hat sich verändert, seit wir getrennte Schlafzimmer haben, und dennoch muss ich hier raus. Die Scheidung wird teuer, für das Haus werden wir einen anständigen Preis bekommen. Du bist noch in die Stadt gefahren. Ich habe dir gesagt, dass ich noch etwas mit dir besprechen muss. Du hast wieder einmal nur die Augen verdreht. Es wird komisch sein, bald nicht mehr verheiratet zu sein. Draußen wird es immer stürmischer, Blitze, Donner, der späte Nachmittag gleicht der frühen Nacht zum Verwechseln. Ich sorge mich um dich, doch sicherlich sitzt du geschützt in einem Café und genießt deinen Tee. In den Nachrichten höre ich von umgestürzten Bäumen, von abgetragenen Dächern. Das Haus ist brutal schweigsam, ich bewege mich ziellos in meinen vier Wänden umher. Es klingelt, junge Polizisten stehen vor mir. Sie

erklären lang und umständlich.
Als ich wieder allein bin,
gehe ich zum Telefon, rufe
meinen Anwalt an und ziehe den
Scheidungsantrag zurück.

Wunschkind

Jahrelang haben wir versucht,
Eltern zu werden, haben alles
dafür getan. Wir sind nicht
mehr jung.

Ein lauer Nachmittag, nichts
Besonderes, nur dass wir
entscheiden, auch ohne Kind
ein gutes Leben führen zu
können.

Ein anderer Tag, auch nichts
Besonderes, bis du von deiner
Frauenärztin kommst, mir in
die Arme läufst und rufst:
„Wir werden Eltern!"

Du verschlingst einen Ratgeber
nach dem anderen, ich richte
das Kinderzimmer ein. Du

machst einen nicht invasiven Pränatal-Test, ein krankes Kind wollen wir nicht. Gott sei dank ist der Test negativ. Die Schwangerschaft verläuft problemlos, ob Junge oder Mädchen wollen wir nicht wissen. Hauptsache gesund. Dein Bauch wächst rasant. Kaiserschnitt soll es sein, so wenig Schmerzen wie möglich. Dann müssen wir in die Klinik, die Wehen kommen in immer kürzeren Abständen. Die Geburt wird eingeleitet, unser Kind kommt zur Welt, gesund und schön. Ein zweites folgt, wir sind wie vor den Kopf gestoßen. Es blinzelt uns an.

Die beiden werden gewaschen,
gewogen, untersucht. Das
Entbindungsteam schaut uns an:
„Sie werden sie auch lieben,
nicht wahr?" Down-Syndrom.

Balkon

Ich sitze auf dem Balkon,
Südseite, Blick auf die
Müllerstraße. Menschen laufen,
schlendern, bleiben stehen,
schauen sich an, blicken
anderen hinterher, sind mit
sich selbst beschäftigt. Ich
rauche unablässig. Der Verkehr
ist laut, Busse fahren an,
Menschen überqueren die
Straße, obgleich die
Fußgängerampel schon wieder
auf Rot umgesprungen ist. Die
Hausmeisterin steht auf einem
Besen gestützt, ist im
Gespräch mit dir vertieft. Du
schaust hoch, nur kurz, bist
sogleich wieder in der

Unterhaltung. Könnte ich die Geranien gießen oder mir eine Cola holen, mich auch einfach hinsetzen, etwas lesen, ein wenig meine Gedanken schweifen lassen, weg von den andern, weg von der Straße, weg von dir zu mir. Aber was bleibt dann? Nicht viel: ein Mann mittleren Alters, seit zwanzig Jahren verheiratet, am Anfang sehr glücklich, doch was ist aus dieser Seifenblase Glück geworden? Ich schaue hinauf, ein Flugzeug stört mich beim Betrachten vergangener Illusionen. Ich halte es nicht mehr aus, es ist heiß, weit über dreißig Grad, kein

Wasser, kein Schatten. Strafe
muss sein, hast du gesagt und
die Balkontür hinter dir
geschlossen.

Mutterliebe

Wie konnte es so weit kommen?
Ich war doch immer
reflektiert, ein verkopfter
Mensch, habe mich nie meinen
Gefühlen hingegeben. Kontrolle
war immer mein oberstes Gebot,
hast du etwa geglaubt, dass
ich spaße? Natürlich sah ich
deine Verzweiflung, aber sie
berührte mich nicht im
Geringsten. Ich bin vierzig
Jahre alt, gehe durch Räume,
in denen ich aufgewachsen bin.
Eine nette 70er-Jahre-
Wohnhaussiedlung unweit der
Kreisstadt. Diese Räume können
Geschichten erzählen.
Geschichten, an die ich mich

kaum noch erinnere. Doch auch wenn ich diese Geschichten nicht mehr in meinem Kopf finde, so weiß mein Körper um jede Erfahrung. Ich sitze auf dem Boden meines verlassenen Kinderzimmers. Wie oft war ich dort, ohne zu wissen, ob du im nächsten Moment hereinkommen würdest. Du hast immer darauf geachtet, dass niemand sonst im Haus ist, um dann …

Ich friere, stürme aus diesem Raum, der mir nie Schutz war. Ich sehne mich nach Tränen, laufe ins Wohnzimmer. Du sitzt auf einem Stuhl gefesselt, bettelst, dass ich dich losbinde. Gehetzt laufe ich hinaus und lass dich in deiner elendigen Einsamkeit zurück, Mutter.

Beziehung

Ich sitze hier und warte auf dich. Du hast vorgeschlagen, dass wir uns in einem Café treffen, ein neutraler Ort macht es leichter, sagtest du. Ich schaue auf die Uhr. Hier also wollen wir über unsere Beziehung reden, hier, damit wir uns nicht anschreien. Was ist passiert, dass wir uns zu diesem Schritt entschlossen haben? Streitereien gefolgt vom Versöhnen. Wir versuchten es mit Ehetherapie, hörten Ratschläge, wie wir miteinander umgehen sollten. Wann hat unsere Liebe einen Knacks bekommen? Wir waren jung verliebt, standen auf einem Aussichtsturm, schauten in dieselbe Richtung. Der Nebel ließ uns nur Konturen erkennen. Du sagtest: „Schau, das Schloss am Horizont." Ich erwiderte: „Aber Schatz, das ist doch eine Burg." Du fragest mich, ob ich blind sei. So gab ein Wort das andere, wir stritten den ganzen Tag, der Ausflug war verdorben. Seit vier Jahren streiten wir und glauben, unsere Auseinandersetzungen könnten unserer Liebe nichts anhaben. Wieder einmal bist du zu spät. Ich stehe auf, fahre nach Hause, packe meine

Koffer. Seit ich denken kann, träume ich davon, einmal nach Bali zu reisen, für dich undenkbar. Die Erkenntnis ist so simpel. Liebe allein ist manchmal nicht genug.

Kein leiser Abschied

Vielleicht noch ein Jahr. Die
Medikamente können den Schmerz
lindern, immerhin. Ich höre
meiner Ärztin zu, ohne dass
ich verstehe. Sie zählt auf,
was zu tun ist, wöchentliche
Therapie, Medikamente aus der
Apotheke abholen. Sie
empfiehlt eine
Selbsthilfegruppe,
Physiotherapie. Beim Abschied
aus der Praxis weiß ich, dass
ich einen Notizblock brauchen
werde. Ich organisiere meine
noch verbliebene Zeit,
notiere, was wann zu tun ist,
zusätzlich kommt noch der
Bioladen auf meine Liste. Ich

sitze im Wartezimmer, stehe in der Schlange in der Apotheke an, besuche eine Selbsthilfegruppe. Ich manage mein krankes Leben, tausche mich aus, recherchiere im Internet. Mein Körper wird schwach, der Geist bleibt wach. Ich spüre, dass ich den Abschied vorbereiten muss.

Ich liege im Krankenhaus. Der junge Arzt kommt ins Zimmer, ich weiß, was er mir sagen möchte. Er räuspert sich. „Ihr Leben war so hart in den letzten Monaten, nicht wahr?" Ich habe nicht die Kraft, zu erklären, und warum sollte ich es auch? Also sage ich es nur

mir: Im letzten Jahr bin ich
endlich überhäuft worden mit
Aufmerksamkeit, nach einem
langen gesunden einsamen
Leben.

Nachtschicht II

Ich bin zu müde, um
aufzustehen, der Tag will mich
wecken, nur um mich zu ärgern.
Ich ziehe die Decke über den
Kopf und halte mir die Ohren
zu. Es ist früher Nachmittag,
ich krieche aus dem Bett,
versuche, mich an letzte Nacht
zu erinnern. Nur mehr
Fragmente hämmern gegen meine
Schädeldecke. Ich warte
ungeduldig auf meinen Kaffee,
der sich beim Brühen alle Zeit
der Welt lässt. Ich nehme den
ersten Schluck, gehe ins Bad,
schaue in den Spiegel, sehe
mir mein übernächtigtes
Gesicht an. Wie viele waren es

diese Nacht, wie viele werden es heute sein? Schon lange habe ich aufgehört zu zählen. Man ist nicht wählerisch, nimmt, wen kommt. Da ist einer dabei, der hat sich vermutlich seit Wochen nicht gewaschen. „Den fasse ich nicht an", raune ich meiner Kollegin zu. Sie verdreht nur die Augen. „Stell dich nicht so an, auch dieser Typ hat eine gute Behandlung verdient." Er legt sich hin, ich könnte kotzen, versuche, ein freundliches Gesicht zu machen, ziehe mir Handschuhe über.

Stunden später beende ich meine Schicht, lasse das

Krankenhaus hinter mir. Ich hasse die Nachtdienste.

Auf Abwegen

Ich sitze vor dem Rechner, bewege mich in der virtuellen Welt. Ich bin neugierig, suche nach Sex, einem Abenteuer. Es ist Nacht, ich bin nicht der Einzige, der sich auf die Suche gemacht hat. Ich werde angeklickt, beurteilt und bewertet. Seit Wochen bin ich auf der Suche, hoffe das zu finden, was aussichtslos erscheint. Dabei will ich gar nicht das große Glück, ich will nur Sex. Aber dann doch bitte mit jemanden, der mich wirklich umhaut.

Ich sitze allein im Auto, mein Handy brummt, jemand hat sich

auf mein Profil gemeldet. Wir
schreiben hin und her. Ich bin
fasziniert, lasse mich ein.
Endlich haben wir uns
verabredet. Dreihundert
Kilometer muss ich fahren, das
ist es mir wert. Nervös stehe
ich in einer fremden Stadt vor
einer fremden Haustür. Du
stehst vor mir. Auf einmal ist
alles einfach, wir müssen
nicht viel reden. Ich bin wie
im Rausch, ohne Drogen nehmen
zu müssen. Ich lehne an der
Hauswand, wir schauen uns an,
wissen, dass es kein zweites
Mal geben wird.

Ich fahre zurück, öffne die
Wohnungstür. Friedrich läuft

mir entgegen, klammert sich an mein Hosenbein, ich nehme ihn hoch. Aus der Küche fragst du: „Wie war dein Seminar?"

Geriatrie

Cremegetünchte Wände. Einkehr
ohne ein Zurück. Deine Welt
ist nicht mehr die meinige, zu
lange bin ich schon ohne
Einlass. Du sprichst mit dir
selbst, mit deinen Eltern,
deinen Brüdern, mit den
Mitpatienten in den Gängen.
Wenn sich unsere Blicke wie
zufällig treffen, nickst du
nur mit dem Kopf. Ich sprach
von guten wie von schlechten
Tagen, doch ich bin zu müde,
dich Nacht für Nacht zu
suchen. Also ließ ich dich
einschließen. Hier kannst du
im Karree laufen. Die Türen
sind ohne Klinken, nur mit

Code zu öffnen. Fünfzehn Uhr,
Kaffeezeit. Ich sitze neben
dir, du lächelst mir höflich
zu. Lautes Geplapper. Ich
stehe auf, höre Halbsätze.
Fragmente, die sich in Luft
auflösen. Wieder einmal
sprichst du von deinen Eltern,
der Vater ein erfolgreicher
Chirurg, die Mutter eine
gefeierte Konzertpianistin.
Deine Sitznachbarin lacht dich
aus, zeigt mit dem Finger auf
dich und sagt: „Du redest
einen Quatsch, deine Eltern
sind doch schon tot." Du bist
empört, reckst den Hals,
drückst den Rücken durch. „Ist
das so? Dann wären die ja

schon gestorben!" Du springst
auf, schüttelst den Kopf,
lachst laut und gehst.

Unerwartet

Ich wollte Jesus dienen, meine Familie schüttelte nur den Kopf. Meine Mutter empfahl mir, mich nicht festzulegen, wer weiß, was das Leben noch für dich bereithält? Ich wollte davon nichts hören. Der Tag, an dem ich Ja zu dir sagte, war der schönste in meinem Leben. Ich wohnte nicht mehr zu Hause, gewöhnte mich an mein neues Leben im Kloster. Draußen war es kalt, und ich freute mich auf die geheizte Küche, dort hatte ich genug zu tun. Die Tür wurde geöffnet, ich fühlte den Boden unter meinen Füßen schwinden.

Fragen schossen mir in den
Kopf: Woher kamst du, wer bist
du, wohin willst du? Du
lächeltest mich an, und im
nächsten Moment warst du auch
schon wieder verschwunden. Von
nun an gab es nur noch einen
Gedanken. Ohne dass ich dir
davon erzählte, wusstest du,
mein Gott, dass ich auf
Abwegen war. Auf der Bank in
der dritten Reihe setzte ich
mich neben dich, wie gern
hätte ich meinen Kopf auf
deine Schulter gelegt.
Unauffällig streicheltest du
meinen Handrücken, nie zuvor
war ich so beglückt worden.
Tage später wurde ich gerufen.

„Ja Mutter Oberin?"

„Schwester Zita hat das Haus verlassen."

Tränen liefen über meine Wangen. Wie durch Daunen hörte ich: „Es braucht Zeit, ich weiß es."

Zu viel des Guten

Du warst mein strahlend schöner Mann. Beziehung macht dick, habe ich immer zu unseren Freunden gesagt. Und tatsächlich, du hast dieses Klischee bestätigt, bist in den letzten fünf Jahren immer weiter auseinandergegangen. Zuerst hatte ich dir liebevoll in deinen kleinen Bauch gekniffen. Später dachte ich nur: Wohin soll das führen? Am Anfang fiel es mir schwer, dir zu sagen, wie fett du geworden warst. Die Hemden verloren die Knöpfe, ich verlor die Fassung: „Fette Sau! Man kann sich doch auch zusammenreißen,

bin ich nicht Beispiel genug?"
Du hast mich entgeistert
angeschaut. Glaube mir, wollte
ich sagen, das war nicht so
gemeint. Jedem rutscht doch
schon mal etwas raus. Ich
wollte mich bei dir
entschuldigen, doch die Tür
fiel ins Schloss. Danach hast
du dich nur noch einmal
blicken lassen, um deine
Sachen abzuholen. Zeit
verrennt, niemand ist da, wenn
ich nach Hause komme.

Ich gehe aus, sehe dich aus
den Augenwinkeln. Du bist
nicht allein, hast nicht
abgenommen und dennoch
strahlend schön schaust du

deinem Gegenüber in die Augen.

Ein Schnitt zu tief

Warum ist euer Junge denn noch nicht verlobt, so langsam wird es doch Zeit, gibt es denn schon eine Auserwählte? Ach lass mal, der Junge stößt sich noch die Hörner ab, magst du einen Tee? Die Frauen quatschen, die Zeit verfliegt. Die Wohnungstür öffnet sich. Da ist er ja. Hallo Arif. Hallo Tante Eische, wie schön, dich zu sehen. Setz dich zu uns, wir plaudern gerade so schön. Ich habe deine Mutter schon gefragt, wann ist es denn endlich bei dir so weit, gibt es wirklich niemanden in deinem Leben, du kannst doch

an jedem Finger zwei haben.
Tee wird nachgegossen, die
Keksdose leert sich langsam.
Lass doch den Jungen, es wird
schon werden, wenn ihm erst
mal die Richtige über den Weg
läuft, wird Arif schon wissen,
was zu tun ist. Hört doch auf,
ich will nichts mehr davon
hören! Junge reiß dich
zusammen!

Arif springt auf, läuft ins
Bad. Er weiß noch genau, wie
er mit zehn Jahren örtlich
betäubt auf der Liege lag. Ein
Blickschutz versperrte ihm die
Sicht auf seine Beschneidung.
Dann er sah nur, wie alle die
Augen aufrissen, Arzt und

Schwester. Was war passiert?
Arif schaut beim Wasserlassen
auf seinen Penis und weiß,
dass er sich niemals verloben
wird.

Mann und Frau

Der Bus ist überfüllt, seit
Wochen nehme ich den 240er. Du
steigst dazu. Ich möchte in
deiner Nähe sein, wünsche mir,
dass du mich registrierst.
Zufällig blickst du in meine
Richtung, um dann wieder in
dein Buch zu schauen. An der
Haltestelle Gudrunstraße
steigst du aus, und ich fühle
einen Schmerz. Doch dieses Mal
will ich nicht der Verlassene
sein. Ich folge dir, halte
Abstand. Wie gerne möchte ich
dich halten, dir gehören, für
dich da sein. Auf den Straßen
drängelt der Verkehr. Ich
betrachte deinen Hinterkopf,

deinen Gang, er ist so
unglaublich weiblich. Die
Fußgängerampel schaltet auf
Rot. Dann sehe ich, wie du
angefahren wirst. Der
Unfallverursacher macht sich
aus dem Staub, Blut läuft aus
deinem Kopf. Ich eile zu dir,
ziehe mein Shirt aus, drücke
den Stoff auf die blutende
Stelle. Du hast das
Bewusstsein verloren. Ich bin
bei dir, halte dich, streichle
deine Wange. Flüstere:
„Schatz, alles wird gut". Ich
höre das Martinshorn,
Menschengewirr um uns herum.
Man nimmt mich zur Seite,
sagt: „Ihre Frau wird es

schaffen." Ich sage nichts.
Bis sie nichts mehr sagen, bis
du aufhörst zu atmen. Für
einen Moment warst du meine
Frau.

Herzschmerz

Blaulicht, Martinshorn, laut
und ohne Gnade. Mein Herz! Ich
könnte schreien.

Mein bisheriges Leben als
Fragmente, vor meine Füße
geschleudert, einem Müllhaufen
gleich.

Du und ich, den ersten Sex
maßlos genossen. Ich bin
beglückt. Mein Herz macht
Luftsprünge. Du redest von
Liebe, von Nestbau, von
Zukunft. Mein Herz zieht sich
zusammen, ich will bloß den
Augenblick genießen.

Zeit verrennt, gestern noch
nur ein Paar, inzwischen

Elterngespann. Du strahlst,
doch ich wollte doch noch so
viel mehr erleben. Mein Herz
sticht, lässt mich aufbäumen.

Ein Haus muss her, dein Blick
ist unumstößlich, mein Kind
braucht einen Garten, dieser
schützt vor jeder Psychose,
das rechnet sich am Ende. Mein
Herz gefriert.

Hypotheken, Ratenzahlungen,
Altersvorsorge, bezahlt von
einer ungewollten Karriere.
Hamsterrad. Mein Herz hört auf
zu schlagen.

Im Krankenhaus, Ärzteteam gibt
sein Bestes. Herz versagt. Du
rechnest, Lebensversicherung

macht erträglich. Denkst: Er
hatte so ein gutes Herz.

Ein Mann ein Wort

Der Vorhang wird aufgezogen, frische Luft ins Zimmer gelassen. Jeden Morgen die gleichen Abläufe. Du bist im Bad, sitzt auf dem Klo. Es soll Menschen geben, die ihr Geschäft geräuschlos verrichten können, du gehörst nicht dazu. Ich hole den Staubsauger aus der Kammer, drücke den Knopf mit dem Fuß, muss mir deine Kackgeräusche endlich nicht mehr anhören. Die Badtür öffnet sich. Du hast dir wieder nicht die Hände gewaschen. Ich stelle den Staubsauger zurück und könnte kotzen, du drehst dir

eine filterlose Zigarette.
Dein Husten bringt die Gläser
in der Vitrine zum Klirren.
„Kaffee!", schreist du, ich
zucke schon lange nicht mehr
zusammen, schenke dir ein.
Mein Rheuma plagt mich, die
Gicht in den Fingern ist
unerträglich. Ich stehe unter
der Tür, schaue in dein
schwammiges Gesicht und höre
es, als hättest du es gestern
erst gesagt: „Ich bleibe immer
bei dir, was auch passiert."
Du hast Wort gehalten.

Abschied II

Sie ist gestorben, hat nicht
sehr gelitten. Du stehst da
mit verweinten Augen. Deine
Mutter hat bis zuletzt in
ihrer eigenen Wohnung gelebt,
deine Schwester ist schon vor
Ort. Sie braucht dich, ein
Menschenleben muss abgewickelt
werden. Wir sind
aufgescheucht, ein geordnetes
Leben mag keine
Überraschungen. Du sagst, dass
schon ein Ticket für
übermorgen ausgedruckt ist.
Einundzwanzig Jahre auf der
Schnellspur rauschen an mir
vorüber, wo sind wir gelandet?
Einmal im Jahr Italien,

sonntags nach der Tagesschau
der Tatort. Du spielst
Volleyball, ich Theater.
Sieben Mal Sex im Jahr,
vielleicht, man wird
bescheiden. Hin und wieder
laden wir zum Essen ein,
machen alles zusammen. Trautes
Heim. Ich fahre dich zum
Bahnhof, Abschied, als wäre es
für eine lange Zeit. In meiner
Jackentasche steckt ein
Kondom. Ich setze mich zurück
in den Wagen, will in die
schwule Sauna, bin aufgeregt
wie ein Kind.

Ich fahre an der Sauna vorbei,
fahre nach Hause. Die Katze
streift um meine Beine.

Morgen werde ich in die Sauna gehen, ganz bestimmt.

Nichts als Begehren

Lächeln umspielt deine Lippen.
Schön war es, so sollte es
immer sein, verschlungen sind
wir auf unsere Erfüllung
zugesteuert. Wir sehen uns in
die Augen, unser Atem flach
inzwischen. Das Kondom liegt
auf dem Fußboden. Gedämpftes
Licht lässt unsere Körper
makellos erscheinen. Wir
trinken Sekt, lachen, albern.
Leise Musik im Hintergrund
veredelt den Moment. Du stehst
auf, schlüpfst in deine
Badelatschen. Du wirkst so
klein auf einmal, das ist mir
vorhin gar nicht aufgefallen.

Bevor du dich abwendest, nicht

geflüstert, normale
Lautstärke:

„Ich schau mich noch mal um,
in einer halben Stunde
schließt der Swingerclub, da
lässt sich doch schnell noch
eine Nummer schieben."

Inkontinenz

14 Quadratmeter. Ich wurde abgesetzt. Die Kinder sitzen im Dienstzimmer, sie werden über mich sprechen. Man wird eine Akte anlegen, wird verzeichnen, welche Medikamente ich wann zu nehmen habe. Mein behandelnder Arzt hat mir Mut gemacht, das wird schon wieder, Sie werden sich an den Rollator gewöhnen. Schlüsselbeinbruch. Alt bin ich, bis vor kurzem noch Auto gefahren. Dann bin ich gestürzt, der blöde Köter ist mir vor die Füße gesprungen. Die Kinder haben mir geschworen, dass sie sich um

alles kümmern werden. Sie
haben Wort gehalten. Die
Wohnung ist aufgelöst.

Ich muss auf die Toilette. Der
Rollator steht zu weit
entfernt. Ich klingle, rufe,
schreie, klopfe gegen die
Wand, kann kaum noch an mich
halten, krächze die Namen
meiner Kinder. Dann ist es
passiert. Scham. Meine Kinder
und die Pflegedienstleiterin
kommen ins Zimmer. Ich möchte
im Erdboden versinken, bin
stumm.

„Also wirklich, Frau Greve,
Herr Klose, sie hätten mir
doch sagen müssen, dass ihre
Mutter inkontinent ist." Die

Schwester zieht sich
Handschuhe an, holt eine
Windel aus dem Schrank und
sagt: „Das haben wir gleich."

Verkehrte Welt

Ich schaue mich um. Meine Familie ist mit sich beschäftigt, ich werde gar nicht beachtet, bin schon lange nur noch eine Randfigur. Wie sehr hatte ich mich darauf gefreut, Karriere zu machen. Du hast mich bestärkt, mir den Rücken freigehalten, warst immer für mich da. Erst war mir nicht bewusst, dass ich immer länger im Büro blieb, mit den Kollegen noch ein Projekt besprach, oft kein Ende fand. Du wurdest immer unattraktiver, liefst im Jogginganzug durch die frisch geputzte und trotzdem immer unaufgeräumte Wohnung.

Die Kinder reißen die
Geschenke auf, der
Weihnachtsbaum erstrahlt. Du
hast dich rausgeputzt und
siehst trotzdem aus wie eine
Kopie von dir selbst. Ich gehe
ans Fenster, schaue hinaus.
Ist das der Preis, den man
zahlen muss? Meine Familie ist
mir fremd geworden, nicht nur
einmal habe ich darüber
nachgedacht, eine Affäre zu
beginnen. Ich hatte eindeutige
Angebote, bisher habe ich sie
ausgeschlagen. Ich drehe mich
um zu euch. Die Kinder
verziehen sich in ihre Zimmer,
haben genug von der

künstlichen
Weihnachtsstimmung. Ich öffne
lächelnd mein Geschenk. Dann
gefriert mein Lächeln.

Eine weitere Businessbluse.

Bettgeschichten

Ich liege wach neben dir. Die Sehnsucht ist unerträglich, seit Jahren warte ich auf ein Zeichen, eine Geste, die mir zeigt, dass du mich begehrst. Nächte enden im Morgengrauen ohne Schlaf. Ich habe alles versucht, das Gespräch gesucht. Du sagtest, dass du dich bedrängt fühltest. Wir einigten uns darauf, dass ich dir sechs Monate lang in keiner Weise sexuell nahekomme. Dieses Gespräch liegt nun sechs Jahre zurück. Du reckst dich, stehst auf, machst dir einen Kaffee in der Küche. Ich trotte dir hinterher, setze mich müde auf den Stuhl, schaue zu dir hoch. Du drückst mir einen Pott Kaffee in die Hand, er duftet so unglaublich gut. Ich möchte mich anlehnen, mich festhalten, doch du entziehst dich mir. Wir haben keine Körperlichkeit mehr, sind gefangen in unserer Einsamkeit. Die Sonne scheint zum Fenster hinein, leuchtet uns aus, offenbart die dunklen Ränder unter meinen Augen. Du wanderst mit dem Kaffeepott zurück ins Schlafzimmer. Ich höre, wie du lächelnd sagst: „Haben wir es nicht gut?" Ich stelle den Kaffee ab, stehe hinter dir.

Meine Hände legen sich um
deinen Hals und drücken zu.

Erkenntnis

Ich gehe hinaus, um meine Welt zu betrachten. Ich öffne Türen und Fenster, denn ich will sehen, was mir meine Gedankenwelt bisher vorenthalten hat.

Ich bewege mich im Labyrinth meiner verflogenen Eindrücke und werde durch längst vergessene Fragmente geschleudert, bin sprachlos ob ihrer Massivität. Mit aufgerissenen Augen sehe ich in den Schlund der Harmlosigkeit, denn ich sehe, was ich schon immer gefühlt habe.

Mich selbst.

AIDS

Da war eine Zeit. Wir waren
promisk, in Klappen,
Darkrooms, Parks, in fremden
und auch eigenen Betten.

Da war eine Zeit. Und Freunde
wurden krank, wir schauten
hilflos zu.

Da war eine Zeit. Und wir
hatten keine Diagnose.

Da war eine Zeit. Und der
Papst sprach von der Strafe
Gottes.

Da war eine Zeit. Und der
Bundeskanzler schwieg.

Da war eine Zeit. Und sie
schrien nach Lagern.

Da war eine Zeit. Und Rita
Süßmuth konnte nicht mehr
schweigen.

Da war eine Zeit. Und unsere
Freunde wurden mit Pillen
abgefüllt, bis sie kotzten.

Da war eine Zeit Und sie
verreckten elendig.

Da war eine Zeit. Und wir
trafen uns auf Friedhöfen.

Zeitfracht Medien GmbH
Ferdinand-Jühlke-Straße 7
99095 Erfurt, Deutschland
produktsicherheit@kolibri360.de